Estimados padres de familia,

Están a punto de comenzar una emocionante aventura con su hijo y nosotros ¡seremos su guía!

Su misión es: Convertir a su hijo en un lector.

Nuestra misión: Hacerlo divertido.

LEVEL UP! READERS les da oportunidades para lectura independiente para todos los niños, comenzando con aquellos que ya saben el abecedario. Nuestro programa tiene una estructura flexible que hará que los nuevos lectores se sientan emocionados y que alcancen sus logros, no aburridos o frustrados. Los Niveles de Lectura Guiada en la parte posterior de cada libro serán su guía para encontrar el nivel adecuado. ¿Cómo comenzar?

Cada nivel de lectura desarrolla nuevas habilidades:

Nivel 1: PREPARANDO: Desde conocer el abecedario hasta decifrar palabras.
lenguaje básico – repetición – claves visuales
Niveles de Lectura Guiada: aa, A, B, C, D

Nivel 2: MEJORANDO: Desde decifrar palabras individuales hasta leer oraciones completas.
palabras comúnes – oraciones cortas – cuentos sencillos
Niveles de Lectura Guiada: C, D, E, F, G

Nivel 3: A JUGAR: Desde leer oraciones sencillas hasta disfrutar cuentos completos.
nuevas palabras – temas comúnes – historias divertidas
Niveles de Lectura Guiada: F, G, H, I, J, K

Nivel 4: EL RETO: Navega por oraciones complejas y aprende nuevo vocabulario.
vocabulario interesante – oraciones más largas – cuentos emocionantes
Niveles de Lectura Guiada: H, I, J, K, L, M

Nivel 5: EXPLORA: Prepárate para leer libros en capítulos.
capítulos cortos – párrafos – historias complejas
Niveles de Lectura Guiada: K, L, M, N, O, P

¡Déle el control al lector!

Aventuras y diversión le esparan en cada nivel.

Obtenga más información en:
littlebeebooks.com/levelupreaders

Dear Parents,

You are about to begin an exciting adventure with your child, and we're here to be your guide!

Your mission: Raise a reader.

Our mission: Make it fun.

LEVEL UP! READERS provides independent reading opportunities for all children, starting with those who already know the alphabet. Our program's flexible structure helps new readers feel excited and accomplished, not bored or frustrated. The Guided Reading Level shown on the back of each book helps caregivers and educators find just the right fit. So where do you start?

Each level unlocks new skills:

Level 1: GET READY: From knowing the alphabet to decoding words.
basic language – repetition – picture clues
Guided Reading Levels: aa, A, B, C, D

Level 2: POWER UP: From decoding single words to reading whole sentences.
common words – short sentences – simple stories
Guided Reading Levels: C, D, E, F, G

Level 3: PLAY: From reading simple sentences to enjoying whole stories.
new words – popular themes – fun stories
Guided Reading Levels: F, G, H, I, J, K

Level 4: CHALLENGE: Navigate complex sentences and learn new vocabulary.
interest-based vocabulary – longer sentences – exciting stories
Guided Reading Levels: H, I, J, K, L, M

Level 5: EXPLORE: Prepare for chapter books.
short chapters – paragraphs – complex stories
Guided Reading Levels: K, L, M, N, O, P

Put the controls in the hands of the reader!

Fun and adventure await on every level.

Find out more at:
littlebeebooks.com/levelupreaders

BuzzPop

an imprint of Little Bee Books

251 Park Avenue South, New York, NY 10010

BuzzPop and associated colophon are a trademark of Little Bee Books.
For information about special discounts on bulk purchases, please contact Little Bee Books at sales@littlebeebooks.com.
Manufactured in China TPL 0220
First Edition
ISBN 978-1-4998-0994-7 (pbk)
10 9 8 7 6 5 4 3 2 1
ISBN 978-1-4998-0995-4 (hc)
10 9 8 7 6 5 4 3 2 1
buzzpopbooks.com

DISNEY

Tangled

A RAPUNZEL LE ENCANTAN LOS COLORES

RAPUNZEL LOVES COLORS

Adaptation by R. J. Cregg

Translation by Laura Collado Píriz

Illustrated by Jean-Paul Orpiñas, Elena Naggi, and Studio IBOIX

BuzzPop

¡Luces!
¡Colores!
Torre.

Lights!
Colors!
Tower.

A Rapunzel
le encantan
los colores.

Rapunzel
loves
colors.

A Pascal
le encantan
los colores.

Pascal
loves
colors.

Flynn Rider ve
la torre.

Flynn Rider sees
the tower.

Rapunzel ve grama **verde**.

Rapunzel sees **green** grass.

Rapunzel ve flores **rojas**.

Rapunzel sees **red** flowers.

Rapunzel ve
un conejito **gris**.

Rapunzel sees
a **gray** bunny.

Ellos ven
un vestido **morado**.

They see
a **purple** dress.

Rapunzel y Flynn
ven el pelo **amarillo**.

Rapunzel and Flynn
see **yellow** hair.

Flynn ve
un caballo **blanco**,
una silla de montar
marrón,
una pezuña **negra**.

Flynn sees
a **white** horse,
a **brown**
saddle,
a **black** hoof.

Rapunzel ve
un gran cielo **azul**.

Rapunzel sees
a big **blue** sky.

¡Rapunzel ve
un reino
de colores!

Rapunzel sees
a kingdom
of colors!

Rapunzel ve
un cuadro.
**Azul, amarillo, morado,
rojo, verde** y **marrón**.

Rapunzel sees
a picture.
**Blue, yellow, purple,
red, green,** and **brown**.

¡Rapunzel y Flynn bailan!

Rapunzel and Flynn dance!

Luces, colores, amigos.
A Rapunzel le encantan
los colores.

Lights, colors, friends.
Rapunzel loves colors.

¿De qué color es...?　　**What color is the...?**

1. el vestido
1. dress

2. el pelo
2. hair

3. la flor　3. flower

4. el conejito
4. bunny

5. la hoja
5. leaf

6. el castillo
6. castle

7. el barco　7. boat

8. la pezuña
8. hoof

¡Dale la vuelta a
la página
para averiguarlo!

Turn this
page
to find out!

¿En cada imagen, qué cosa es de color...?

In each picture, what is . . . ?

1. morado
1. purple

2. amarillo
2. yellow

3. rojo   3. red

4. gris
4. gray

5. verde
5. green

6. blanco
6. white

7. marrón   7. brown

8. negro
8. black

¡Dale la vuelta a
la página
para averiguarlo!

Turn this
page
to find out!